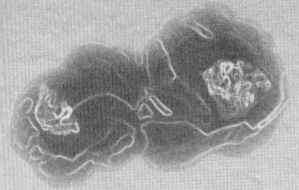

恬淡美學——生活詩

楊佳蓉 著

恬淡美學——生活詩 目次

序｜素描與解說／謝振宗	01
序｜握一支彩筆的畫家詩人／南橋思	17
自序	22
詩與世界距離的美學三層次	26
保護地球	28
祈願和平與慈悲	30
眾生相，眾生心	32
笛音清越	34
羽舞賀喜	35
雨中祈願	36
影子與心	37
登旅	38
山林聽蟬	39
長路年輪	40
梅香紅韻	41
銀杏樹	42
紫藤	44
繡球花	46
荷花木蘭	48
石榴花	50
哭泣的桔梗花	52

穗花棋盤腳	*54*
荷的佇立	*55*
竹瀑・論劍	*56*
翡青煙草	*57*
鬱金香	*58*
虎尾蘭	*59*
九重思恩	*60*
桐花慈暉	*61*
慈父心	*62*
提攜	*64*
鳥巢	*65*
皎潔月光	*66*
夢裡天使	*67*
香炸茄子的滋味	*68*
平行世界之生命	*70*
平行世界之浮世	*71*
平行世界之情愛	*72*
浪濤思情	*73*
思念	*74*
思念　　(台文詩)	*75*
愛戀	*76*
像極了愛情	*77*

時光	78
送你三朵玫瑰	80
夢的方向感之所思	81
夢的方向感之潛意識	82
浮生魚兒	84
書帙幽香	85
兔年	86
龍的傳奇	87
金蛇神話	88
大寒	89
立春	90
三月的陽光	91
酣暢一夏	92
午後一陣滂沱大雨	93
風之二帖：一、呼喚	94
風之二帖：二、清涼	95
夕暉	96
潮汐波光	97
濕潤之必然	98
賞月	99
白鷺鷥	100
白翎鷥　　（台文詩）	101

白鳥的虛實	*102*
棉被	*103*
衣架	*104*
香皂	*105*
枕頭	*106*
背包	*107*
手錶	*108*
外套	*109*
簾想	*110*
壺與茶	*111*
歸心與封存	*112*
儷人行	*113*
繭・滌淨	*114*
繭・走出	*115*
繭・光束	*116*
繭・重生	*117*
註記	*118*
擱淺	*119*
沙灘	*120*
魚的眼淚	*121*
鷗鳥港灣	*122*
笠緣	*123*

華文俳句：

欒樹紅	（秋季語）	*125*
銀杏葉	（秋季語）	*125*
桔梗花	（秋季語）	*125*
芒草	（秋季語）	*125*
紅魽	（秋季語）	*125*
感恩祭	（秋季語）	*126*
寒梅	（冬季語）	*126*
山茶花1	（冬季語）	*126*
山茶花2	（冬季語）	*126*
金馬獎	（冬季語）	*126*
毛手套	（冬季語）	*127*
羽絨服	（冬季語）	*127*
寒窗	（冬季語）	*127*
鞦韆	（春季語）	*127*
煙火	（夏季語）	*127*
枯野	（冬季語）	*128*

序
素描與解説

謝振宗

詩人、臺南市土城高中退休校長、掌門詩學學會榮譽顧問

　　恬淡可以長久品嚐生活種種詩意，無論春夏秋冬或節氣遞嬗，都能在生活的細微處，發現人文之美，出自內心細微悸動。這些日常生活美學，即是詩人書寫學術論文外的小小驚嘆！藝術創作有利於詩意聯想，90多篇論文功力有利於體材多元化。無論東西方文化的材料皆能輕鬆完成心中的價值觀念，不天馬行空也能掌握現實的真實面目。生活詩融合藝術與行旅暢談生活美學，讓生活充滿藝術，行旅中發現生活之美，愜意生活的自在哲學觀，又能融合禪學和道家玄思，讓生活充滿驚喜！

　　佳蓉在自序中言及她的詩作是生活與文學、美學、人生意境相互結合的作品。榮獲文學博士學位，又是專業的藝術創作者，其詩作自有其精彩之處與多元化的哲思內容。詩人自稱她的詩作融會詩畫同律的觀念，眼見外在萬象後，經由內心醞釀醇化成詩，每首詩作皆源自生活體驗，又能注入道家的玄妙意涵與佛家的禪味，甚至以其專業的藝術創作角度書寫生活美學，發展出獨特的風格。這些哲理觀念可從其詩作〈詩與世界距離的美學三層次〉這首詩中，窺見詩人的核心價值：

　　在溪谷山嶽與人間　行旅
　　飽遊盡覽秦川景物

恬淡美學──生活詩

真真切切　以自然、現實為師
詩與世界疊合鑲嵌　渾然共鳴

神會萬物　意象更鮮明
猶似皓月下的竹影
磊落的貼印在素潔的壁面

鮮明的意象來自生活的觀察神會，皓月下的竹影畫面貼印在壁面上，不正是一幅美麗的畫面深深吸引我們嗎？這些以心為師的明淨如水或清逸若嵐（借用原詩）的心靈境界，正可以闡明詩人的世界觀與詩的零距離。有畫面的詩篇，帶點禪味，行走自然步道的體悟，源自生活的詩意組成畫面，藝術結構移轉至文學，讓詩篇更完整更精煉。

詩人早期是耕莘文友，寫作能力深厚，經莊華堂鼓舞再續寫作前緣，終於結集成冊。這本詩集內容多樣化，融合藝術行旅生活所思，有關心環境保護、日常生活用品、節氣、生肖、佛學禪思、道家玄想、自然景物描寫、平行世界探討、慈父母愛、愛花奇想、愛情夢想……等等。

例如節氣與十二生肖

窗外是一盤白醬蛤蠣麵／殼殼的稜線載浮載沉／延伸到遠方／山　在大寒的節氣裡蕭瑟／心　在窗內眺尋一抹蔥綠

　　　　　　　　　　　　　　——〈大寒〉

> 簇簇粉嫣點亮碧穹／絮絮心唸立春的願望／瓣瓣水嫩
> 櫻花雨　滋養大地／融融生趣鵲兒舞　喜迎果實
> 　　　　　　　　　　　　　　　　——〈立春〉

由於節氣反映了地球圍繞太陽運動的過程，是每年季節變更的重要標誌，因此對農業生產非常重要。中國農民為了更方便的根據節氣來安排農事，也與生活息息相關。24節氣的遞嬗富詩意，影響個人生活習慣！詩人描寫大寒與立春皆由生活細節著手，如白醬蛤蠣麵、水嫩櫻花雨，再藉由自然景觀的觀察，將大寒立春書寫得有聲有色，更能融入生命情趣，看到喜鵲跳舞迎賓。

　　傳統民俗的生肖圖騰深入每個人的生活，也充滿傳奇故事，幾乎打從娘胎裡就認定了此印記。有所謂金鼠招財、牛轉乾坤、虎福豐生、玉兔賀春、龍行大運、蛇來運轉、馬到功成、喜氣羊羊、靈猴獻瑞、金雞報喜、旺旺迎春、諸事大吉等等吉祥話語。詩人也有所觸及這些生活相關的詩作——

> 蛇身人首的女媧／苦煉五色石　補天拯救人類災難／
> 百步蛇　台灣保育類動物／排灣族的守護神　蛇生神
> 話流傳／魯凱族巴冷公主與蛇王相戀於鬼湖／月光下
> 幻變俊逸青年／蛇圖騰　刻畫古代百越的崇拜／夢蛇
> 的詩經　生女預言承續生命／蛇來運轉　每十二年降
> 臨大地／閃耀金燦魅力　綿長靈巧與智慧
> 　　　　　　　　　　　　　　　　——〈金蛇神話〉

> 彤雲湧動　莫非祥龍飛騰／奏響雨淋鈴　驅除乾旱／
> 黃帝、顓頊、帝嚳／乘龍遨翔寰宇／神龍揮舞尾巴畫

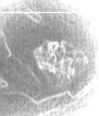

恬淡美學──生活詩

> 出條條河道／助禹治水／石器時代百越族的龍圖騰舟／遊渡至今／靈物越十二年伸展降臨／發酵和平心願
>
> 　　　　　　　　　──〈龍的傳奇〉

善用歷史典故是文學博士的習性，而能在典故中參雜台灣原住民的傳奇軼事，更能在生女寓言裡，蛇來運轉綿延祖先智慧，在詩情與哲思裡完成精彩的詩作。在中國，龍多被認為是瑞獸，除能帶來滋潤土地的雨水，也代表著權力與天命，由此逐漸成為皇權的象徵，黃帝、顓頊、帝嚳是五帝之三帝，故能乘龍遨翔寰宇；龍是一種傳說中的動物，大致由鹿的角、馬的齒、蛇的身、魚的鱗、雞的爪等形象組合而成，詩中「神龍揮舞尾巴畫出條條河道」有龍的形象和想像；古時百越族利用植物利刺與木棒，透過煙灰及染色草汁煉製成顏料來作龍紋身，更被運用在詩中，增加龍的傳奇性。

　　掌握花的特色擬人化，從各個角度描寫旁徵博引，詩寫花的靈魂，融入畫畫技巧與人生哲學態度賜予花魂！愛花奇想在這本詩集擁有不少篇幅，如銀杏樹、紫藤、繡球花、荷花木蘭、石榴花、哭泣的桔梗花、穗花棋盤腳、荷的佇立、梅香紅韻、竹瀑‧論劍、翡青煙草、鬱金香、虎尾蘭、九重思恩、桐花慈暉等。

> 從密密的藤葉裡　自隱隱的鳥鳴中
> 在涼涼的氤氳下　探出淺紫的小臉
> 緊緊依偎　相互挽手
>
> 任憑物換星移　一起經歷風雨
> 完成紫色的清澈一生
>
> 　　　　　　　　　──〈紫藤〉

紫藤垂散而下，是優雅氣質的象徵，散發迷人的香氣。詩人描寫的紫藤細膩綿密，宛如瀑布的紫色花朵裡，聽得見鳥鳴；驚見誰緊緊依偎，相互挽手一起經歷風雨，沉浸在浪漫情懷中，完成紫色的清澈一生。

哭泣的桔梗花是詩人紀念一位女作家的殞落而寫的詩作。

> 桔梗花，桔梗花，
> 在風中哭泣，
> 森林的每一棵樹為她邀約大片陽光，
> 鳥兒啾啾嘎嘎為她鳴唱快樂頌，
> 桔梗花孱弱的伸展手臂向上爭取，
> 一息尚存，
> 卻來不及等到陽光的照拂，
> 她遺留下無語的布娃娃，
>
> ——〈哭泣的桔梗花〉

桔梗花的花語是永恆的愛、絕望的愛，永恆與絕望是互相矛盾的。在矛盾中我們聽見風中哭泣的桔梗花如何爭取陽光的愛，即使留下無語的布娃娃亦能化作一縷淡紫的輕煙，飛向九重天！詩人擬人化的書寫深深感動我們，此中藉花抒情的手法，時常出現在此詩集中，如九重思恩、桐花慈暉對母親的懷念。

九重葛最為人熟知的花語即是「熱情」。唐朝詩人白居易有詩云：「花非花，霧非霧」。九重葛即是「花非花」。詩人將九重葛比喻遙遠的河畔，施放閃爍的煙火送給母親。至於油桐花的花語主要象徵純潔與愛，五月飄雪配合母親節，親眼看到油桐花飄落在姑婆芋的葉脈上，散發暖溫如白玉的光輝：

一盆九重葛　朱紫閃爍／遙若河畔煙火天際綻放／送給母親　笑容粼粼如水／無形的香氣繚繞廳堂廚房
　　　　　　　　　　　　——〈九重思恩〉

慈母心　若紅澄澄的桐花蕊／散發暖溫如白玉的光輝／念念人間五月／年年摺疊的節日
　　　　　　　　　　　　——〈桐花慈暉〉

當然也在灼灼桃花綻放中，想起父親在圓滿的那頭，等候一場景色依舊，而人事已非，徒增感傷的迷糊午夢。至於《詩經‧周南‧桃夭》所言：「桃之夭夭，灼灼其華」，「桃」與「逃」對於「之子于歸，宜其家室」另有其他特殊涵義。佳蓉的〈慈父心〉：

我在榻榻米上聽人面桃花的故事
父親在知識的那頭等候我
稚童迷糊跌入午夢的桃花塢
萬里灼灼桃花綻放於未來
　　　　　　　　　　　　——〈慈父心〉

1999年詩人焦桐結合現代詩與食譜，以「壯陽」為題材，探討政治、個人記憶，與肚腹之慾。推出時，即獲各界重視。飲食詩情化從此另闢一片領域，讓飲食菜色增加更多的想像空間與藝術性。如同豆芽菜去掉龍首蛇尾後，也能席捲風雲，加點醋意盎然的春天，更能搖身數變，面帶微笑，端來一碗熱騰騰的銀絲菜餚。佳蓉的〈香炸茄子的滋味〉如下：

香噴噴的氣味在門後湧動
母親燒菜的身影迴旋廚房
裹著蛋麵衣的炸茄子
好似紫色的小船
掛著黃橙橙的風帆
在白晃晃的盤子裡停靠
食指大動夾起一只
從港岸航行
滑入口裡的玫瑰海
外酥內軟　美味可口
透露海鹽的淡淡鹹味

——〈香炸茄子的滋味〉

詩人的這首飲食詩想起母親燒菜的身影,「紫色的小船」是茄子的形體,「黃橙橙」、「白晃晃」是詩人敏銳的色彩觀察,將專業的藝術創作帶入詩中,使整首詩更具畫面,達到詩畫融合的效果,也將香炸茄子的美味順口滑入玫瑰海。

多重宇宙這個名詞是由美國哲學家與心理學家威廉·詹姆士在1895年所提出的。平行世界（英文：Multiverse），又叫平行宇宙。依據維基百科資訊,講到世界或者宇宙,好似有雙胞胎,有另一個世界。另一個世界,有另一個自己,可能過另一種生活。

平行透視　讓平行線永遠是
無限延長的一排一排稻苗
即使插秧般步步後退
依然看不到交集於一點的遠方

恬淡美學——生活詩

漫灌的水　不讓雜草叢生
浮世的紛擾從清亮的心田逃逸
水光閃動屋牆的倒影
一窗一心扉　各有思量

何不若白鷺鷥遨翔綠野碧空
消失於廣垠的無
　　　　　　　　　——〈平行世界之浮世〉

愛情列車／以情和慾為燃料續行／若下車點不同／或自一種擁抱旋轉的離心力飛遠／一旦出站　分道飄盪／猶似離枝的落葉／慘黃失去水份
　　　　　　　　　——〈平行世界之情愛〉

詩人的〈平行世界之浮世〉以具體景象描摩，闡釋平行世界看不到交集於一點的遠方，何不若白鷺鷥遨翔綠野碧空，消失於廣垠的無。更由此搭上愛情列車，猶似離枝的落葉飛離遠方。這些多重宇宙觀，想必是平時藝術創作蘊藏的能量，運用到詩歌吟唱。

　　日常用品的詩作不容易書寫，佳蓉詩人卻寫來得心應手，游刃有餘。猶似《莊子‧天道》：「不徐不疾，得之于手而應於心。」計有棉被、衣架、香皂、枕頭、背包、手錶、外套、簾想、壺與茶等9首，如下：

　　夜夜在睡夢中追憶曾經的體溫。
　　　　　　　　　——〈棉被〉

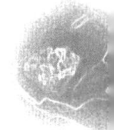

　　貼附脈搏跳動
　　一輪一輪向前旋轉
　　累計生命的點數
　　　　　　　　　　　　——〈手錶〉

　　從來不知道大腦在想什麼的
　　長久親密接觸者
　　卻存在莫名的繾綣
　　　　　　　　　　　　——〈枕頭〉

詩雖短至一行詩亦能精簡地寫出日常用品的特色與功用，更重要的是詩化日常用品，撫慰使用者的心靈，好像親人陪伴，存在莫名的繾綣。

　　炭火親炙　壺壁花紋飛騰
　　若墨夜沉著　包裹滾燙的潮水
　　片片茶葉無念
　　靜靜游於青黃色壺海
　　如魚兒　本性的一呼一吸
　　明淨的心谷奉上一杯茶
　　沁香甘潤佐以清風　好喝
　　　　　　　　　　　　——〈壺與茶〉

林彧（1957～）在凍頂茶行(三顯茶莊)提到——「這裡不談玄之又玄的茶道，也不穿昂貴又虛假的道袍，更不使用空稱名器的茶壺或水壺。我喝茶，只圖個神清氣爽；我賣茶，因為詩人也要生活。」而佳蓉的壺與茶從壺的器具、滾燙的潮水，表現對茶

的無念感，故能明淨心谷，喝上一杯好茶。猶如唐盧全的七碗茶詩第七碗所言「吃不得也，唯覺兩腋習習清風生。」因為詩人喝茶寫詩，適宜在高山豪飲或平地啜嚐，更適宜看看雲霞自眼前蹓躂過。

　　俳句是源自江戶時期的日本傳統詩，用來表現日常生活體驗與感受。一般而言，俳句講究的是意境、氣氛，而不是情節、故事。臺灣 90 年代之後，《聯合報》副刊與《中國時報》人間副刊先後刊登與俳句形式有關的新詩或譯詩，引起了一陣俳句風。臺灣的華文俳句想要建立屬於臺灣的季語，季語顯示季節感之外，也是美學意識的呈現。本詩集共收集 16 首俳句外，仍繼續發表於其他詩刊：

　　　開門見到笑盈盈的好友 / 山茶花 // 冬季語：山茶花
　　　澎湖海邊的芥末色木屋 / 紅魽 // 秋季語：紅魽
　　　呼嘯而過的一列火車 / 枯野 // 冬季語：枯野
　　　孔廟掛上張張祈福卡 / 寒梅 // 冬季語：寒梅
　　　前方纜車漸行漸遠的身影 / 羽絨服 // 冬季語：羽絨服

俳句精簡，短短二行精準寫出自然與人事物之間，互動關係的交流詩髓。

　　佳蓉詩人此詩集寫了四首有關「繭」的連作，包括〈滌淨〉、〈走出〉、〈光束〉、〈重生〉四首詩緊緊相扣，由唯有滌淨虛擬的彩飾，方能重獲自然的本真；走出外在追蹤的羅列鏡片，即可自在行於流動的光色；一束光從破繭的洞口逐漸擴大，至頓時羽化的蛾眉毫無懸念，飛入明亮的遼闊天空，終於羽

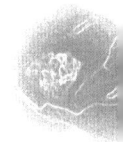

化的飛蛾振動一雙淡蜜薄翼,遨翔青翠榮景的天地(借用原詩組合)。這些無常、渾沌自然的詩意闡釋春蠶吐絲,作繭自縛後,必須能閉關修煉,讓所有紅塵往事沉澱、抽離,然後等待適當時機,撕裂纏繞糾葛的蠶絲,破繭而出!這些過程如同藝術工作者,在固定風格形成時,務必拋棄舊有的觀念與筆觸,凝思新穎的創作技巧,於蛻變成彩蛾之剎那,擺脫所有束縛,如此纔可翱翔天地間,期待不滅靈魂的再現………:

　　一圈又一圈的綑綁
　　宛如一絲又一絲的結成了繭
　　吐露的過往和情感
　　將自己密密的包裹　無法掙脫

　　無常　是渾沌自然的虛空
　　寂然的蛹
　　若沉潛於幽深的枯井
　　似修心於寒冬白雪覆蓋的崖洞

——〈繭‧重生〉

　　詩人也曾山林聽蟬,蟬說禪說:蟬代表蛻變,其一生冬眠脫殼後,化做美麗身軀,並能鳴嘶醉唱,如此美麗的靈魂幻化,豈不美哉!如同掌中戲握有掌中乾坤與功名,戲若人生,端看怎樣看待人生百態。對照詩人的學術著作《論元代文人畫之人生意境》,詩中所言「輕逸穿透可行可望可游可居的筆墨」正逐漸走入「山水畫的蟬林中」。這是蛻變的過程啊!靈感來自天地萬物,風聲水聲蟬聲皆有廣長舌之妙。誰能霑濡朝露,成長、繁衍、蛻變為蟬呢?

一聲聲知呀　知呀
輕逸穿透可行可望可游可居的筆墨
走進山水畫的蟬林中
心被洗滌澄明
一步步回應淨了淨了

——〈山林聽蟬〉

如媽祖慈悲心祈願和平！佳蓉博士曾出版《媽祖文化的傳說故事與形象美學之研究——以元代漕運河海沿岸地區為例》；〈祈願和平與慈悲〉一詩如下：

聽到　世上第一聲炮響
白鸛鳥慄慄顫抖
向日葵所有美夢　瞬間在黑暗中凋零
愛與善在戰火裡哭泣
二次大戰的驚恐眼神重現世界的角落
孱弱的內心只有一個願望
活下來　活下來

——〈祈願和平與慈悲〉

論文與詩作相契合，彷彿詩作是論文的註解與解說，「期盼葵花再度盛開　向日綻放金黃燦笑／鸛鳥帶著宇宙的愛　撫慰新生的靈魂」。

關心環境保護方面，所有園林抗爭與環保休閒活動，原本是昨夜霜降露寒後，你我一再約定的話題。我們倉猝地發現急驟的雨聲裏，那扭動如蛇腰的節拍永遠跟不上自然景觀，遭逢侵蝕與雕塑後的雄偉傲姿。聖嬰氣候的罪魁禍首，總在冰河時期蒞臨前，誰能告訴我所有的藝術創作或許會有些苦悶的象徵，無視環

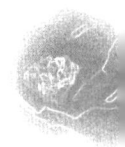

保意識抬頭與街頭抗爭,我們急需隱藏的筆鋒就在輕輕一抹白雲中,體會季節變換暨日日好日的心情。

　　佳蓉的《保護地球》關心環境的主題,探討地球的肺部如何變得灰濛濛,「大量造紙、開墾雨林　蠶食森林面積」、「化學劑、工業和畜牧廢水、酸雨/翻江倒海的汙染了寶貴水資源」、「彷若熊熊火光使地球揮汗難耐/漢鍾離權的芭蕉扇也煽不滅」、「有毒害的廢棄物傾瀉海洋/魚兒的家不再清澄碧綠」,因此:

> 地球的脈搏聯繫著每個生命
> 地球孱弱的呼救
> 萬物之靈應時刻惦念保護地球
> 千億污染遠離吧　自然資源珍惜啊
> 綠意和諧環境　才是讓身心淨化的家園
> 　　　　　　　　　　　　——〈保護地球〉

由關心環境延伸至〈白翎鷥〉、〈白鳥的虛實〉、〈魚的眼淚〉、〈鷗鳥港灣〉、〈沙灘〉、〈潮汐波光〉、〈夕暉〉有關生態的詩寫,〈註記〉了滾滾海浪退潮時,「雲朵與花瓣承載不了眼淚的重量」。也說明「那一晚坐在山坡上賞月」,「浩浩墨黑天空滾入一輪飽滿的圓」。或許〈午後一陣滂沱大雨〉,更能〈酣暢一夏〉——

> 浪花雪白的腳踩著遠古的跫音而來
> 澆不息的夏燄咪咪等候
> 天空豪飲一片尼羅藍
> 酣暢一雙遙望遠方的墨黑眼眸
> 　　　　　　　　　　　　——〈酣暢一夏〉

序　素描與解說

恬淡美學——生活詩

有夢想才有希望,才能在磅薄的詩意中完成終生既定的人生目標。佳蓉的「夢的方向感」有潛意識的哲思,如蟬翼輕柔如雲煙飄逸,「似牆上的彩豔披肩迎風搖曳 / 全身舒展成一條流動的河」:

我的方向感 / 撲撲朔朔 來自 / 崎嶇的夢 / 日有所思 /
所思的種子播撒一畝一畝夢田 / 廣垠夜空悄悄綻開 /
燦燦流星

——〈夢的方向感之所思〉

我的方向感 / 迷迷離離 來自 / 夢的迂迴 / 潛意識深井
幽幽升起 / 一朵睡蓮 / 前世 / 在巫叨於曠野的舞影歌
吟中 / 飄蕩遠逝 / 昔日 / 在時空於浩宇的光鏤行移下
/ 沉積遺忘 / 我的方向感 / 似冬雨失落在乾荒的大地
/ 夢的入口 / 冉冉浮現春的出口

——〈夢的方向感之潛意識〉

原來愛情故事可隨季節調整,隨緣隨喜皆如遠處無憂無慮的稚童,嬉遊於廣袤無垠的曠野。佛家四大經典愛情故事之一:「阿難對佛祖說:我喜歡上了一女子。佛祖問阿難:你有多喜歡這女子?阿難說:我願化身石橋,受那五百年風吹,五百年日曬,五百年雨淋,只求她從橋上經過。」佳蓉的愛戀如〈像極了愛情〉,適當時機〈送你三朵玫瑰〉,似錦繡揭示濃濃密密的戀;這些〈浪濤思情〉「翻騰摺痕細密的思念」,「紀錄光影朦朧的愛戀印象」:

約好的霞光不會失約／加了冰塊保鮮的飲品／等待溫暖的唇／相同圓形烘焙／思考相異味蕾品味／山中風嵐寫意的飄近飄去

——〈像極了愛情〉

對照佛家愛情故事，宛若鬢髮霜白時，獨見您飄身前來，撫觸粗糙的橋墩與光滑橋面，靜靜觀賞沿岸柳枝，以何因緣隨風搖曳，徘徊在橋上，輕輕哼唱，祇願圓滿這段不可言詮的禪機。

《金剛經》：「若菩薩有我相，人相，眾生相，壽者相，即非菩薩。」從個別生命力的展現，可覺悟到生為人子的可貴。無論悲歡離合，都可在慈悲喜捨間，看清所有依戀皆是四季風情不同面貌的詮釋。佳蓉的〈眾生相，眾生心〉「造化捏塑，拈花隨意，千千萬萬形象如雲逸出」「一切皆如水月鏡花，不必堅持」：

欲藉似雪紙光、如蘭墨氣 抒情懷／哪能盡合人意／或需以煤塗面／或需以陰冷黑石為牆／心之花瓣如紅瑪瑙亮澄／眾生相，眾生心／於是微笑看人生

——〈眾生相，眾生心〉

蕭蕭（1947〜）曾在 2024/5/20 與 6/19《中華日報》發表〈詩是你我的日常〉，一曰「風雅頌是你我的布帛菽粟」，一曰「賦比興是你我的陽光空氣水」。無論賦比興如何轉換，如何在風雅頌中，看到布帛菽粟的純樸風格，吸引行雲流水從眼前蹓躂過，停泊山壑溪水間；細數過往雲煙穿越重山峻嶺，遐想那年

恬淡美學──生活詩

菽粟跳躍如梵音，所有乘興而來的譬喻，皆可因為季節遞嬗的緣故，聽到廟堂屋簷的風鈴，叮噹響起當初難以忘懷的頌詞，何以能沿著街坊流傳歌謠呢？慢慢哼唱，緩緩回憶。那些難割捨的愛戀情節，可有日後在水中央，望見蜿蜒水湄處，誰匿藏於晶瑩剔透的晨露，隨緣化作風霜雪雨。這些日常情思，偶爾透過柴米油鹽醬醋茶，醞釀成詩。

〈素描與解說〉正是畫家完成作品前，心中醞釀已久的構思與隨緣臨摹之素描；看似直覺的詩文，卻是日後研究創作動機的最佳佐證。而藝術工作者在寫作之餘，也會發生相同狀況，因此往往於畫作完成後附註、補誌說明當初啟發靈感的前因後果。所謂「素描原作」其重要性更直接顯露出創作者最原始的各種巧思及妙境。這些正是寫詩前後，心靈深處隨意激湧而出的甘泉，但願可解凍蘊藏於胸臆中多年的傳奇掌故。

2025 立春前 寫於閒居閣

序

握一支彩筆的畫家詩人

南橋思 詩人

　　讀楊佳蓉老師的詩，就像漫步在藝廊裡欣賞一幅幅多面向的畫作，每一首詩揉合了詩人對生命情性與藝術美感的雙重內涵，飽含自然又貼近生活，具有社會關懷的思維，同時展現敏銳明澈的詩性，每一首詩各自畫出詩人對天地與浮生間觀照所得種種體悟，有時簡筆勾畫頓見心靈跳躍的影子，有時大筆揮墨呵護世間萬物，有時色彩潋灩描繪四季花草，可以說詩是詩人的另一支彩筆，外觀萬象，內心蘊化，相融詩畫美學的藝術創作，每一首詩都是詩人親眼所見，親臨其境，確有領悟，然後調和視覺實境與色彩圖象，間亦有以聽覺穿梭閃爍，一筆一畫著墨「壘築」詩行，充滿盎然生機的能量，彷彿行萬里路，處處皆是詩章風景，鏡頭靈動畫面，視野遠近相映，讀之完全不沉悶不苦澀。

　　整體而言，楊佳蓉老師的詩作，個人認為具有以下幾項特色值得探索：

一、具有顯明畫作的藝術美學風格

　　楊老師擔任大學教授，長期講授藝術、美學和文學等課程，及專長於學術研究工作，文學與藝術的著作、學術研究論文發表俱豐富，除了藝術美學理論外，同時也從事藝術繪畫創作，

恬淡美學──生活詩

如此的背景之下,楊老師的現代詩創作亦富含藝術美學的元素,擅長融繪畫於詩文情境中,如詩集裡各種花卉的詩作,均飽含彩畫色調多元組合,形象頗有圖畫立體感,透過閱讀及視聽覺等聯想,栩栩如畫。試舉〈銀杏樹〉詩篇(僅列第一、二節)為例:

> 金風提著黃色顏料
> 從鄉野潑灑到城市
> 城市滿溢濃濃秋意
> 銀杏直挺的灰褐樹影在園林市街
> 沉著站立
> 定是一生的守候
> 非秋不艷黃
> 從淺黃　金黃　橙黃　深黃到赭黃
> 一年只等期定的季節盛裝赴約
> 春夏的玉綠　寒冬的雪白
> 都是交錯縱橫的偽裝
>
> 一抹鮮黃劃過天際
> 如金　如霞
> 如萬千黃蝴蝶飛舞的翅膀
> 片片小葉扇柔柔搖起微風
> 或螺旋排列或簇擁的小風鈴
> 在細雨中清脆迴響

猶似一群小天使環繞唱和
燦黃如酒
一眼就醉了
漂蕩的隻隻小船
航成夜空閃爍的繁星點點

此詩以城市街景所見路樹「銀杏」為素材，從秋天開始描繪銀杏樹如何在季節轉換中縱橫交錯的情景變化，藉由秋日觀察到的實景和色彩光影投射如「黃色」、「灰褐樹影」、「艷黃」、「淺黃」、「金黃」、「橙黃」、「深黃」、「赭黃」等銀杏葉色漸變層次，又不免感嘆其「春夏玉綠」、「寒冬雪白」的幻境、並結合各種意念如「鮮黃金霞」、「黃蝴蝶翅膀」、「螺旋小風鈴」、「一群小天使」、「醉眼黃酒」、「漂蕩隻隻小船」、「夜空繁星閃爍」等等進一步形象化「銀杏」的歸程，形構實虛交融的璀璨繽紛，從鄉野到城市、再從園林市街航成夜空，從眼前銀杏樹遼闊至浩瀚穹宇，然後詩畫出了生命的立體時空世界，不僅僅補捉自然界瞬息景色，也盪漾生命窈渺，託物言情，人類一生是否也會有如此銀杏葉片穿透時空長廊？我們的詩人見證了生命永恆循環的迴響。

　　當然不止這些花卉詩富含繪畫素質，這本詩集裡篇篇多所光色畫質筆觸，值得讀者深深一一鑑賞領悟。

恬淡美學――生活詩

二、題材貼近自然及生活實地體驗

楊老師在忙碌工作之餘，常健行走訪各地山林步道，喜歡接近大自然，加上日常生活所做、所想、所感覺的事物，都是老師創作泉源，「陽春召我以煙景，大塊假我以文章」，天地間花鳥蟲魚、山水林草、四季波瀾與日常生活大小事，老師於攬情觸景，心意與物象交融之刻，化為動人詩篇，尤其短篇小詩、俳句、微型詩，每見對生命不凡視角和哲思，讀者可自詩集中詳加翻閱，經由這些極短詩篇，反覆吟詠，相信可以和詩人的情感互相照應。

三、能以恬淡心靈舒緩強烈意識或悲痛的詩情

楊老師具有關懷人情的淑世精神，但並不以激烈高亢語氣做沒有意義、沒有道理的吶喊，例如詩集裡之〈詩與世界距離的美學三層次〉、〈保護地球〉、〈祈願和平與慈悲〉、〈眾生相，眾生心〉、〈平行世界之生命〉、〈平行世界之浮世〉、〈平行世界之情愛〉等詩篇中，皆能以一種和平心胸，為世界、為地球、為眾生、為生命、為情愛而發出慈悲的金聲玉振。

又楊老師對親情的懷思，亦能以感恩的心態書寫，不陷於悲情，透過與父母親過往生活互動的細節，化為如電影般情節鏡頭，一個畫面接著一個畫面，營造深情動態氛圍，讓讀者彷彿就在現場同感父慈母愛的溫馨，例如詩集裡之〈九重思恩〉、〈桐花慈暉〉、〈慈父心〉、〈提攜〉、〈皎潔月光〉、〈香炸茄子的滋味〉等詩篇中所展現詩情律動。

　　我是個愛詩的人,對每一位不同的詩人所展現不同風格的詩藝和詩境,都懷抱欣賞和多方學習的態度,我認為讀一首詩或一本詩集,如能從其中獲取心靈的契合,或是感悟到生命奧妙,或讓人思索現實的知性,或得以感應抒發小我大我多重情懷,都是詩歌給人最大的慰藉。我讀楊佳蓉老師的詩,在字裡行間,特享受其具有鮮活畫意及充溢正向的詩質,心情是喜悅祥和的,每每再三回讀,品味其詩中有畫,畫中有情的境界,獲益實良多,相信讀者如用心誦讀,一定會找到屬於自己所愛的詩句,或能得到一種似曾相識詩歸來的感覺。

　　甚至也能感受到讀一本詩集,好似在觀賞一場畫展或影片的神奇奧妙,每一首詩都是詩人精心佈景的流動畫面,隨著詩人眼中意象語境鋪展開來,讀者如置身楊佳蓉老師的詩文字句中,不知不覺將感受到詩、畫、境三合一的樂趣。

恬淡美學——生活詩

自 序

　　創作之於我是心靈悠遊、恬淡自得的直覺表現，正如莊子所說：「夫虛靜恬淡，寂漠無為者，萬物之本也。」萬物之本亦是美之本，美不僅在自然裡、藝術裡，美也在生活裡，創作者唯有在孤獨、虛靜中，才會有靈思出現與作品產生，我常覺得恬淡是我最舒適、最愉悅的心境與狀態，看似無為虛空，卻若由冬轉春，蘊藏融融生機；因此我為這本個人詩集取書名為《恬淡美學——生活詩》。

　　由於喜歡文學，我研讀、研究文學，獲得文學博士學位，文學的養分溶入生活美學，變成我創作現代詩的一要素；生活，是我近些年來寫詩在無目的性下自動流瀉的題材，相映自己的生活體驗愈來愈觸及多面向，還有無常引發的深沉感傷，不知不覺生活就成為頗具興味的書寫畛域，如今我稱之為「生活詩」，可說是生活與文學、美學、人生意境相互結合的作品。

　　唐代畫家張璪說：「外師造化，中得心源。」「外師造化」指需親眼所見，親臨其境，觀察體驗外在萬象，以大自然為師；「中得心源」，指眼見與體會之後，經由內心蘊化、物我相融而創造出作品，以達到出神入化的境界；我將此詩畫同律的觀念融會於我的詩作，在〈詩與世界距離的美學三層次〉這首詩中：

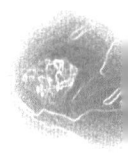

「真真切切　以自然、現實為師
　詩與世界疊合鑲嵌　渾然共鳴」

「清清澄澄　以心為師
　詩　頓見明淨如水的本性
　世界如此大　大至無限　似無
　世界也如此小　密住於心　似無
　於是　詩與世界零距離」

由上，包含身歷環境，親自體察生活，詩作不是憑空虛構的，而是依據客觀現實而生成的反映，需擁有切實的生活感受，才能自內心產生真情性；對描繪的生活對象有確實的接觸和體悟，才能夠真切的激發內在的感受，創作出傳神的詩句。藝術也是我的專業，藝術與生活關係密切，詩畫同律之故，因而了解詩與生活的確息息相關。亦可發現道家、佛家的審美境界影響了我的詩境：道家的「無」充滿玄妙意涵；而從禪宗的「明心見性」，知曉清澄的心可悟見真如本性，生活禪講「饑來吃飯，睏來即眠」，「身在那裡，心在那裡，全身放鬆」，皆是生活適意的精神表現，心無雜念、掛念，真正的品味生活，這不就是我所喜歡的恬淡美學！從生活中發現「瞬間的閃爍」和「絕對的現在」(馬賽爾哲學)，這些恬淡的生活就轉化為我的生活詩寫作。

　　在詩裡，我曾覺得自己很難去寫悲傷的事和情感，崇仰莊子所言：「天地有大美而不言。」我效法說：「浮生有大悲而不言。」再者悲傷太傷神，陷於悲傷的漩渦也不易跳脫；很久之後我漸漸能以一種淡泊方式或玄妙意象來表現悲傷，於是產生堅毅

的生命力量。雖然我喜歡寫快樂和幸福，然幸福並非常態，無常才是常態，世間萬法都是遷流不息的，無一物是不變的，凡是存在的現象都是無常的，皆會改變和衰敗的，不是永恆的，無常是佛家的核心觀念，因而悟出人生一瞬，面對無常有再多不捨只能放下；並且佛家的慈悲心亦常在我的詩作裡流露。

「無常」呼應現今「混沌理論」的偶發、轉變，生命中充滿種種超現實的情形，讓人感受到「偶然」改變常態，覺察到有更高的道、自然、造物主；我領受這些理念，也將其融入我的詩裡。其實，莊子的〈應帝王〉就提及「中央之帝為渾沌」，在「象罔得珠」寓言中，理解於實虛相生、一片混沌中方能得道；這些思想皆滋養了我的詩寫作。非常重要的是，陸神父的馬賽爾哲學陪伴我度過生命裡最艱難的時期，其「存有」與「臨在」，為我（們）帶來希望和光，這些觀念也常在我的詩裡出現，如「閃爍」一詞現身多次，讓我彷彿成為「閃爍詩人」，還有「摺疊」一詞使我產生濃郁的創作靈感。

憶及長年從事教育工作，在大學任教到升任副教授至今，長久以來浸濡於學術研究，曾發表了90多篇論文，也出版了20本文學與藝術的著作。幾年前，由於從前在耕莘青年寫作會一起寫作的莊作家學長尋覓我出來，鼓舞我再續寫作前緣，我以前寫小說，必須花很長的時間，於是想寫比較輕薄短小的形式，就想到寫詩。目前我的詩作刊登在各大詩刊和文學刊物，得到很多詩刊和詩人前輩、文友們的鼓勵、讚賞，十分感激；於是幾年來陸續寫了很多詩。

　　《恬淡美學—生活詩》詩集裡，每一首生活詩皆已獲登；在我個人的藝術展中，也曾匯合油畫作品與現代詩一起展覽，如多次的「楊佳蓉畫與詩藝術展」。近來我整理已發表的龐多詩作，本想出版一本詩集，後來發現這些詩依照題材可以出版三本，今第一次將生活詩集結出書（另有兩本：藝術詩與地景詩幾乎同時出版），內心充滿感恩與喜悅。期盼我的現代詩蘊含溫柔的生命力與浪漫的正能量，讓人賞讀之後能感覺溫馨與希望。

　　做任何事情我總是這麼想：做自己喜歡的事，樂於其中，我在寫詩當中獲得極大的樂趣，因此我會秉持對文學的無比熱忱，持續著自己所喜愛的詩創作，對於生活詩更有一份沉浸於情感的愛；期許未來繼續努力，敬請各位先進與朋友們多多予以指正，萬分感謝。

　　　　　　　　　　　　作者 楊佳蓉序於揚晨樓 20250215

恬淡美學──生活詩

詩與世界距離的美學三層次

用心呵護這截晶燦的直線
直線的收藏
或隱於巴洛克珍珠寶盒內
或潛於森林寒櫻的泥土下
花精靈悠悠吟詠一截截詩的韻律
無論蟬鳴空間與蝶舞思維多麼遼闊
渺渺露珠生命　能掌握和理解的
僅是世界上單純的兩點間聯繫
最短的距離

踩著自己節奏的步伐
世界的屋脊若即若離
似乎遙不可及　只有
勉力行在映射熾白的岩石山徑上
轉個彎　在銀貂般串串芒草簇擁中
卻又近在咫尺
親身膩入風與光的環抱裡
眼目靈動的撫觸青碧山海
心與物象自在的交融舞蹈
意會而內蘊　誕生傳神的詩

生機盎然彷若春韻
驀然遇見范寬、杜甫
在溪谷山嶽與人間　行旅
飽遊盡覽秦川景物
真真切切　以自然、現實為師
詩與世界疊合鑲嵌　渾然共鳴

神會萬物　意象更鮮明
猶似皓月下的竹影
磊落的貼印在素潔的壁面
情景吻合　墨夜仍與星河繾綣翱翔
由內在情性興發感動的　詩
瞬間閃爍　彷彿是半人馬星座
即使簡拙寫意　幾筆蓴菜條描寫
更能品味清逸若嵐的心靈境界
清清澄澄　以心為師
詩　頓見明淨如水的本性
世界如此大　大至無限　似無
世界也如此小　密住於心　似無
於是　詩與世界零距離

《葡萄園詩刊》202405

恬淡美學──生活詩

保護地球

地球的肺部變得灰濛濛
咳咳咳　咳咳咳
他渴求呼吸新鮮的空氣
卻見公路、工廠的煙塵飛揚
大量造紙、開墾雨林　蠶食森林面積
PM2.5微粒擁擠的齜牙懸浮

地球的口喉變得乾涸
他渴求飲用潔淨的水
卻見化學劑、工業和畜牧廢水、酸雨
翻江倒海的汙染了寶貴水資源
憔悴的花兒為人類滴下遺憾的瓣瓣眼淚

地球的體溫變得高燒不退
只見空調排出熱氣助虐暖化
化石能源燃燒　溫室氣體如棉被包裹
太陽照射的熱量揮散不去
彷若熊熊火光使地球揮汗難耐
漢鍾離權的芭蕉扇也煽不滅

熱浪　乾旱　暴雨
氣候危機令地球唉聲嘆氣

地球的肚子變得腫脹不已
萬年無法分解的塑膠垃圾堆積如山
有毒害的廢棄物傾瀉海洋
魚兒的家不再清澄碧綠
沙灘上的貝殼被雜碎掩沒
生態屢遭破壞　生物瀕臨絕種
地球心也疼　頭也痛　惶恐不安

地球的脈搏聯繫著每個生命
地球孱弱的呼救
萬物之靈應時刻惦念保護地球
千億污染遠離吧　自然資源珍惜啊
綠意和諧環境　才是讓身心淨化的家園

《掌門詩學刊》專題詩 202301

恬淡美學──生活詩

祈願和平與慈悲

聽到　世上第一聲炮響
白鸛鳥慄慄顫抖
向日葵所有美夢　瞬間在黑暗中凋零
愛與善在戰火裡哭泣
二次大戰的驚恐眼神重現世界的角落
孱弱的內心只有一個願望
活下來　活下來

重炮猛轟數天洗地
步兵與戰車若古墓出土　推進軍防線
黃色的土地已被朵朵鮮血染紅
雙方的心身已被場場戰役耗盡
最近的日子已被認清
生命可能隨時飄逝微風中

每秒鐘有個孩子變成難民
純潔的容顏無從理解戰爭
稚嫩的小手抱著心愛玩具
紫巾將回憶的甜和戰事的苦塞進行囊
逃離夜鶯不再悠唱的家園

迫切尋找海港藍的避難所
可口的資源烙餅　切得愈來愈小口
「同情疲勞」正在痠痛溫暖的手
戰爭危機悄悄孳生經濟衰退的紅色黴菌
難民　現況下淚水濡濕模糊了輪廓
有臉龐　有名字　有故事的人生
何時安然返回

秋天將至　殘酷的戰爭會結束嗎
受傷的馬匹發出嘶嘶的鳴叫
請不要習慣於他們的悲痛
他們不只是沉默的數字

抓起和平與慈悲的種子
綿綿遍撒大地
期盼葵花再度盛開　向日綻放金黃燦笑
鸛鳥帶著宇宙的愛　撫慰新生的靈魂

《掌門詩學刊》專題詩 202209

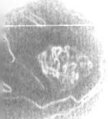

眾生相,眾生心

造化捏塑,拈花隨意,
千千萬萬形象如雲逸出,
心靈　以亂麻寫複雜,
　　　以雨絲繪繁密,
朱紅流淌,豈會重覆?

一切皆可隨風飄散,釋懷,
一切皆如水月鏡花,不必堅持,
剛柔一己,渾渾一己,
怎會相信契合?
卻是　羅剎異國的虛妄,
　　　海市仙境的幻象。

當我們重寫馬驥與龍女的傳奇,
內心翻騰如波濤,
細微導致大不同,
何況相異世界?
龍宮路迢迢,
徒留海上泡影。

人縱其一生，
追求眾心微妙相同，
羅剎以醜為美，
海市以才為美，
欲藉似雪紙光、如蘭墨氣　抒情懷，
哪能盡合人意？
或需以煤塗面，
或需以陰冷黑石為牆。
心之花瓣如紅瑪瑙亮澄，
眾生相，眾生心，
於是微笑看人生。

《華文現代詩》201908

笛音清越

牧羊女的吹笛聲響起時
口罩褪下
遍傳疫情恐懼的病毒
從地球的邊緣　殞落
隱蔽三年多的容顏
自摺痕裡揭開微笑
樂音於陽光的七色光譜上
跳躍祝福　與喜悅

《笠詩刊》202404

羽舞賀喜

在浪漫紫鑲嵌若竹綠的羽球場
飛　　　　　翔
麟洋男雙迅捷沉穩
引爆金牌的沸騰
青天白日滿地紅國旗歌
飄揚淚光榮耀
塞納河巡遊至奧運主火炬
閃爍永恆記憶

《葡萄園詩刊》202505

恬淡美學──生活詩

雨中祈願

疾勁的雨水在莊嚴間飛簷走壁
敲鳴廟宇屋瓦　跟隨木魚頌經
仰望　白濛濛天空歌詠蒼茫美
俯首　祈願心靈恬淡美

《笠詩刊》202404

影子與心

一條濕漉漉的影子
擰乾　攤成乾癟癟的形像
與影子溫熱對望的心　兀自跳躍
只好山林水澤間獨語　獨行

《掌門詩學刊》識覺詩 202301

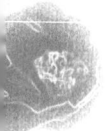

登旅

只需明瞭登山口的風已啟航
就能邁開步伐　蹬蹬心向山巔
腳底與樹根路、岩石路或泥土路切磋
在哪個山徑轉彎　望見開闊大海
在哪片蒼翠森林　邂逅台灣藍鵲
親臨的樂趣
超越聆聽登頂結論　更炫美

《葡萄園詩刊》202411

山林聽蟬

一聲聲知呀　知呀
輕逸穿透可行可望可游可居的筆墨
走進山水畫的蟬林中
心被洗滌澄明
一步步回應淨了淨了

《掌門詩學刊》應和詩 202309

恬淡美學──生活詩

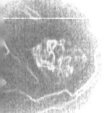

長路年輪

一條摺疊的迢迢長路
藏匿童年奔跑嬉戲的足音
折子裡紅地毯
飄曳帽穗與白紗風采
攤開的暮色光影
滑動年輪緩緩前進

《掌門詩學刊》識覺詩 202305

梅香紅韻

龍脈蒸騰春的心跳
氤氳出一泓墨泉的梅花香
清氣飄逸於綠意萌發的大地
朵朵紅韻默默典藏喜悅

《掌門詩學刊》識覺詩 202405

銀杏樹

金風提著黃色顏料
從鄉野潑灑到城市
城市滿溢濃濃秋意
銀杏直挺的灰褐樹影在園林市街
沉著站立
定是一生的守候
非秋不艷黃
從淺黃　金黃　橙黃　深黃到赭黃
一年只等期定的季節盛裝赴約
春夏的玉綠　寒冬的雪白
都是交錯縱橫的偽裝

一抹鮮黃劃過天際
如金　如霞
如萬千黃蝴蝶飛舞的翅膀
片片小葉扇柔柔搖起微風
或螺旋排列或簇擁的小風鈴
在細雨中清脆迴響
猶似一群小天使環繞唱和
燦黃如酒

一眼就醉了
漂蕩的隻隻小船
航成夜空閃爍的繁星點點

拾起薄薄香香的小書籤
夾在夢裡
盪漾著曼陀鈴聲
成為稀有的珍藏
晨曦穿透葉片
浮現交叉細脈
如無聲詩
是秋的簽名

橢圓的白果
躲在心型的小葉裙裡
玩捉迷藏
落葉如小降落傘飄向大地
鋪成錦繡地毯
化作春泥
期待來年銀杏樹盎然
再次見證永恆的金秋

《葡萄園詩刊》201911

紫藤

嗜愛紫色　就這麼
成串成串的紫玉花朵
傾瀉成狂紫瀑布　燦如天空的雲霞
繁紫映照湖水的黛綠
洩漏春的心事

嗜愛紫色　就這麼
依傍崖邊的大樹　纏繞粉紫的美夢
蜿蜒悠長　爬梳綿綿不絕的思念
沉沉的睡著　不願醒來

嗜愛紫色　就這麼
圍攏透明紫紗　水晶般剔透
散發迷人氣韻　神采凝結在迷霧中
幻化成蝶　飛舞在藍紫的風裡
在柔情四月　讓愛攬進了心懷

嗜愛紫色　就這麼
在你的情思裡
在你聞見的淡紫香味裡

昇騰的戀　在任意的空間
恣意穿梭　幸福著紫香的幸福

嗜愛紫色　就這麼
從密密的藤葉裡　自隱隱的鳥鳴中
在涼涼的氤氳下　探出淺紫的小臉
緊緊依偎　相互挽手
任憑物換星移　一起經歷風雨
完成紫色的清澈一生

繡球花

庭院裡綠綠的倒轉穹蒼
閃耀一個個紫紅的小太陽
天上的永恆
人間的希望
至少一世如億萬光芒

夏天在樓上俯見
下樓探探花訊

雨季未到
集合碩多小傘
簇攏成粉嫩團花
不再分散

冬季尚遠
雪球滾滾
從遙遠的北方
趕來相聚
不再分開

大地錦繡
忠貞藍與浪漫桃的色線
不再違和
接到花繡球
夏天鼻翼翕動的喜悅
是冬天眼底白雪的圓滿

《葡萄園詩刊》201905

荷花木蘭

荷塘倒掛在空中
藍藍的水凝結成天上的愛玉凍
橢圓葉片厚切如嚼不爛的皮革
阻擋濛濛灰霾

荷　著白霓裳冉冉升起
柔嫩的臉龐
舒展嬰兒的微笑
純淨皎潔如銀雪
透著淡淡青綠
乘長風
向上超越
超越那地上的人間雜染
提升到大樹的自然崇高

濃蔭樹下仰望　大荷
生命的高度
放開苦苦有執　虛靜
散發幽幽芳香　清麗

朵朵荷花木蘭解語默言
紫紅色小種子宛若星星
點點　點點　點點
生生不息

石榴花

站在石榴樹下
期待所思自西域歸來
滴滴淚水掉落於地
堅石變得柔軟
泥土化為金沙

獲得滋潤的石榴花
穿著紅豔皺褶裙
一層一層綻開成熟的魅惑
夏日情長
在濃密綠葉中
正熾熱點燃朵朵火花

凝結的果實　丹紅如霞
懸掛枝頭　宛若星辰
一刀劈下
爆裂顆顆驚愕

定心細數飽滿的紅寶石
粒粒剔透晶瑩
人間的紅色饗宴
品嘗香甜汁液
淚水的流變

《葡萄園詩刊》201901

恬淡美學──生活詩

哭泣的桔梗花
(一位女作家的殞落)

桔梗花,桔梗花,
在風中哭泣,
她說:我的布娃娃破了一個洞,
怎麼修補呢?
爸爸說:一定是它的材質不好。
媽媽說:把它扔了吧!
王子說:忘了它啊!我帶妳翱遊天空。

嗚嗚嗚,嗚嗚嗚……
桔梗花為布娃娃縫製了一件衣裳,
柔綠的纖手緊緊擁抱換穿新衣的它,
淡紫的臉龐輕輕描繪心傷的線條,
她與森林的每一棵樹訴說它的故事。

似水柔情,如韻詩篇,
優雅的身影悲悲切切,
融化了每一棵樹,
油桐樹飄下五月雪,
苦苓樹也灑下斑斑淚花。

唯有姑婆芋躲在陰影下暗暗竊笑,
艷紅的劍長的漿果張牙舞爪,
針晶的毒液還在熬煉淫威。

桔梗花,桔梗花,
在風中哭泣,
森林的每一棵樹為她邀約大片陽光,
鳥兒啾啾嘎嘎為她鳴唱快樂頌,
桔梗花孱弱的伸展手臂向上爭取,
一息尚存,
卻來不及等到陽光的照拂,
她遺留下無語的布娃娃,
化作一縷淡紫的輕煙,
憂憂的,幽幽的,悠悠的,
飛向九重天。
整座森林都沙沙複述她奇異的
脆弱生命。

《藝術與生活—視覺美學之翱翔》/ 楊佳蓉著,201708

穗花棋盤腳

夏日乳白粉紅的玉蕊珍品
水亮穗花綻放人間星光
吐露絲縷萬千的馥郁氣息
演繹天籟的靜默
迴旋清晨的殘夢
果實猶似棋盤腳
仰望藍盈盈的穹窿
天空一場妙算正在幻變

《笠詩刊》202212

荷的佇立

撐著一張青玉荷葉傘　佇立
在異次元的夏季　等候
今世的嫣紅狂戀已凋零
徒留水光倒影一聲一聲的嗟嘆

《掌門詩學刊》識覺詩 202301

恬淡美學──生活詩

竹瀑・論劍

縹青竹瀑從天而降
清亮笙音節節高升
疑是木坑豪傑翔飛論劍
光影交鋒
成一片波紋綻開的碧海
虛白的心懷　迴旋山谷
非龍非虎　是竹葉飄落的水

《掌門詩學刊》識覺詩 202309

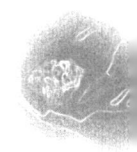

翡青煙草

擎天巨葉與蒼穹雲煙邂逅
身上短短的黏腺毛皆笑口舒展
泌滲的黃色蜜汁　滴滴思量
夢中月白的嵐　風野的鳶

《葡萄園詩刊》202311

鬱金香

一杯一杯馨香傾吐情懷
微風嗟嘆
點亮滿園盞盞燭光

《葡萄園詩刊》202408

虎尾蘭

斑斕條紋融融欲動
金黃鑲嵌的清淨能量
釋放空間

《葡萄園詩刊》202408

九重思恩

一盆九重葛　朱紫閃爍
遙若河畔煙火天際綻放
送給母親　笑容鄰鄰如水
無形的香氣繚繞廳堂廚房
碧霞花萼　積疊九霄層層厚重
銀白小花　高遠星空慈愛發光

《葡萄園詩刊》202502

桐花慈暉

慈母心　若紅澄澄的桐花蕊
散發暖溫如白玉的光輝
念念人間五月
年年摺疊的節日
打開　似攤示的星空相本
閃爍母親與子女的燦爛笑容
桐煙飄上碧雲天
依然浸浴月光中

《掌門詩學刊》母親節特輯 202309

慈父心

我在木板側廊上快樂奔跑
父親在成長的那頭等候我
幼小的身影仰望和式建築
空間好高大,路　好長

我在榻榻米上聽人面桃花的故事
父親在知識的那頭等候我
稚童迷糊跌入午夢的桃花塢
萬里灼灼桃花綻放於未來

我在校園人龍中一關關排隊註冊
父親在畢業的那頭等候我
瘦弱身軀天真樣　獨自離家求學
慈愛老淚忍不住暗暗流下來

我在教室裡努力上課
父親在宿舍的那頭等候我
空等金秋午後　留下一盒蛋黃酥
絕美滋味藏心頭　佐以簌簌淚滴

我在中秋節　出生於喜悅的家
父親在圓滿的那頭等候我
屬於人間的節日　賞月團圓相繫
寄於碧落成奢望　唯有無盡懷念

《笠詩刊》親情友情詩特輯 202306

提攜

幼孩學步晃悠如鈴兒
大手牽小手　父心呵護
年少上學歡躍似喜鵲
小手拉大手　父慈庇護
青春人生波動若浪潮
兩手相互握　父愛守護
風　兀自吹落一樹靜默的葉子
父恩彷彿大自然持續無盡導引

《葡萄園詩刊》202502

鳥巢

哺育的幻影穿梭巢裡巢外
在根根勁草編織的碗狀搖籃
香甜的入夢
生命傳承
連綿成手足歡欣舞蹈
散飛樓空
盼於廣闊天空喜共融

《笠詩刊》202404

皎潔月光

依然有一顆最絢爛的星陪伴著月
似童年　愛的依偎和傾訴
人間　與神秘的皎潔相互遙望
沐浴於慈暉的溫柔庇護

《葡萄園詩刊》202311

夢裡天使

妳在夢裡走向我
穿著典藏的衣裳
童年的短髮
翻飛成湖畔長長絲柳
顧盼的眼神噙著風的微笑
天使的羽翼快樂翱翔異次元

《掌門詩學刊》識覺詩 202409

香炸茄子的滋味

香噴噴的氣味在門後湧動
母親燒菜的身影迴旋廚房
裹著蛋麵衣的炸茄子
好似紫色的小船
掛著黃橙橙的風帆
在白晃晃的盤子裡停靠
食指大動夾起一只
從港岸航行
滑入口裡的玫瑰海
外酥內軟　美味可口
透露海鹽的淡淡鹹味

笑咪咪慈愛的臉看著品嘗的女兒
女兒問　為什麼想炸茄子呢
母親說　小時候
外祖父炸茄子給小孩們吃啊
原來　母親想念她的父親了
於是重現記憶裡的味道

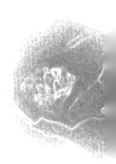

佐以分享童年往事
裹著流金懷念的香炸茄子
不知不覺皆消失於遙遠的海平面

一口炸茄子
是被疼愛的幸福滋味

《葡萄園詩刊》202411

恬淡美學——生活詩

平行世界之生命

在夢的光色中同行　從晨曦到夕暉
你幼小身影逐漸長高

疫情日子裡　口罩上方的容顏處處有你
街頭轉角遇見你
車站電梯遇見你
穹蒼下的風竹聽到你　低沉言語
姊　不要再悲傷
就將轉世而去

頻頻向你道別
Bye Bye　依然會有愛你的家人

於是　每一個初生嬰兒
都有你純真笑容

《笠詩刊》202410

平行世界之浮世

平行透視　讓平行線永遠是
無限延長的一排一排稻苗
即使插秧般步步後退
依然看不到交集於一點的遠方

漫灌的水　不讓雜草叢生
浮世的紛擾從清亮的心田逃逸
水光閃動屋牆的倒影
一窗一心扉　各有思量

何不若白鷺鷥遨翔綠野碧空
消失於廣垠的無

《有荷文學雜誌》詩影迷藏 202409

恬淡美學——生活詩

平行世界之情愛

愛情列車
以情和慾為燃料續行
若下車點不同
或自一種擁抱旋轉的離心力飛遠
一旦出站　分道飄盪
猶似離枝的落葉
慘黃失去水份

各自翱翔吧
讓列車載走過去的　歡愉親吻
曾經的相知相惜
化為呼嘯而過的風　破碎無存
從此平行兩相忘

《笠詩刊》202410

浪濤思情

橙紅夕暉下的浪濤
翻騰摺痕細密的思念
紀錄光影朦朧的愛戀印象
幽涼的港口晚風
掀起藍紫繾綣的幻夢
勿忘草與丁香花的海洋花園
閃爍翌晨水潤的蜜意色彩

《葡萄園詩刊》202405

思念

思念是丈量時空的尺
思念有多深
時空就有多久多遠
只是隔了一宿一河
好久　好遠
好相思

《葡萄園詩刊》201911

思念　　　（台文詩）

思念是量時間佮空間的尺
思念有偌深
時空就有偌久偌遠
一暝一河　這相思

恬淡美學——生活詩

愛戀

線刻葉脈
梳理情的纖纖心思
揚帆桅杆
擎起愛的陶陶航行
一弦一柱相依相伴
日日密密

《掌門詩學刊》情人節特輯 202305

像極了愛情

約好的霞光不會失約
加了冰塊保鮮的飲品
等待溫暖的唇
相同圓形烘焙
思考相異味蕾品味
山中風嵐寫意的飄近飄去

《旦兮》耕莘文學 2025

恬淡美學──生活詩

時光

親愛的，
你掉落了一根睫毛　在眼下，
我以拈蜻蜓的蓮指，
想拈起它，
啊！拈不起來；
再以吹生日蠟燭的氣息，
想吹去它，
呼呼熱氣如螞蟻步行，
搔惹你輕輕笑，
啊！愈吹愈多……
似湖中漣漪，
往髮岸擴散。

攬鏡，
容顏就在照鏡倏忽間，
一點一滴
流轉，
最驚悚的恐怖片無限期上映中。
旭日東升，
為每一顆痘痘注記截止日期，

黃昏時刻，
為每一條皺紋刻劃製造日期。

親愛的，
當你的皺紋撿拾不了，
當我的攬鏡只剩驚呼，
幸好我們依然溫柔的擁抱
從日升到星夜。

《華文現代詩》201902

恬淡美學──生活詩

送你三朵玫瑰

文字玫瑰
若籤詩預示星光閃爍的情
真實玫瑰
似錦繡揭示濃濃密密的戀
影像玫瑰
是相簿珍藏恆久銘心的愛

《旦兮》耕莘文學 2025

夢的方向感之所思

我的方向感
撲撲朔朔　來自
崎嶇的夢
日有所思
所思的種子播撒一畝一畝夢田
廣垠夜空悄悄綻開
燦燦流星

我的夢接續你的夢
從你的夢飛進我的夢

你輕飄飄脫離地面
似牆上的彩豔披肩迎風搖曳
全身舒展成一條流動的河
迴身　柔情一吻
印染鮭魚粉色的雙唇
霧濛濛
浮現生魚片午飧的歡愉

恬淡美學——生活詩

我軟綿綿沉落花束
與朵朵白花兀自芬芳
全身素紗薄衣
如蟬翼輕柔　雲煙飄逸
轉身　深情一抱
沾惹檜木香味的長髮
朦朧朧
透露森林浴晨浸的暢懷

穿梭玄秘夢境
穿梭所思與無思的　愛

《葡萄園詩刊》201808

夢的方向感之潛意識

我的方向感
迷迷離離　來自
夢的迂迴
潛意識深井幽幽升起
一朵睡蓮

前世
在巫叨於曠野的舞影歌吟中
飄蕩遠逝
昔日
在時空於浩宇的光鏤行移下
沉積遺忘

我的方向感
似冬雨失落在乾荒的大地
夢的入口
冉冉浮現春的出口

《葡萄園詩刊》201802

恬淡美學——生活詩

浮生魚兒

在禾草中夜息
沉睡於潛意識裡
擎著一張張漂流的人臉

《中國微型詩》2024

書帙幽香

一本一本粉墨登場的紙本書
以堆砌透視法　疊築文字的風景
一泓清流　鏡射人心的情思
我來自哪裡　我將往何處
俯首探求的身影逸散書香中

《掌門詩學刊》識覺詩 202409

兔年

嫦娥手心的溫熱
畢竟較十個太陽舒坦
一團潔白的雪球
化為無瑕的茸茸毛
柔柔的泊於寰宇懷裡
思量每十二年約
透過月光
剪影成淡定的和平箴言
倏忽一躍　迸跳驚詫
降臨人間　喜悅陪伴一整年

《掌門詩學刊》兔年徵文 202305

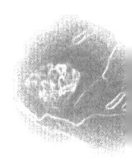

龍的傳奇

彤雲湧動　莫非祥龍飛騰
奏響雨淋鈴　驅除乾旱
黃帝、顓頊、帝嚳
乘龍遨翔寰宇
神龍揮舞尾巴畫出條條河道
助禹治水
石器時代百越族的龍圖騰舟
遊渡至今
靈物越十二年伸展降臨
發酵和平心願

註：《雨淋鈴》，即《雨霖鈴》，詞牌名，唐代教坊曲名。

《掌門詩學刊》林煥彰龍年手繪圖徵文 202401

金蛇神話

蛇身人首的女媧
苦煉五色石　補天拯救人類災難
百步蛇　台灣保育類動物
排灣族的守護神　蛇生神話流傳
魯凱族巴冷公主與蛇王相戀於鬼湖
月光下幻變俊逸青年
蛇圖騰　刻畫古代百越的崇拜
夢蛇的詩經　生女預言承續生命
蛇來運轉　每十二年降臨大地
閃耀金燦魅力　綿長靈巧與智慧

《掌門詩學刊》林煥彰手繪金蛇狂舞年度徵文 202501

大寒

窗外是一盤白醬蛤蠣麵
殼殼的稜線載浮載沉
延伸到遠方
山　在大寒的節氣裡蕭瑟
心　在窗內眺尋一抹蔥綠

《掌門詩學刊》202309

恬淡美學——生活詩

立春

簇簇粉嫣點亮碧穹
絮絮心唸立春的願望
瓣瓣水嫩櫻花雨　滋養大地
融融生趣鵲兒舞　喜迎果實

《葡萄園詩刊》202405

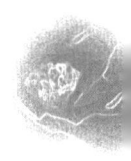

三月的陽光

三月迷濛的天空
彷彿旋開了瓶蓋
灑下金色的陽光
大自然　真樸依然
依然不停的顫動

微弱的陽光
羽毛般輕輕的飄落在身上
畢竟難得的晴天
渴索熱的溫度
多一點　再多一點

《葡萄園詩刊》202005

酣暢一夏

浪花雪白的腳踩著遠古的跫音而來
澆不息的夏燄哧哧等候
天空豪飲一片尼羅藍
酣暢一雙遙望遠方的墨黑眼眸

《掌門詩學刊》識覺詩 202301

午後一陣滂沱大雨

夢想的自行車停泊在滂沱雨岸邊
孩童初心在老宅門扉內發酵
午後奔向草原的一種興味,等候
雨停

《掌門詩學刊》識覺詩 202209

風之二帖

一、呼喚

就在你的呵護裡
在你的心坎裡
在你的懷抱裡
天空中的微風
捎來你的呼喚
柔柔的在我耳畔
傾訴

《葡萄園詩刊》202002

二、清涼

是你嗎
暑天裡一絲涼風
悄悄溜到我身邊
輕輕吹拂著我
於是我心也清涼了

《葡萄園詩刊》202002

夕暉

讓溏心蛋追逐的滋味
甜蜜向前奔騰
1064°C 熔點
純金化成柔軟的燦黃
似水光芒流溢人間
滲透墨黑長夜
滋養旭日拂槿東升

潮汐波光

沙灘上相融的剪影羞紅了夕陽
傾斜的海平面在酒杯中晃動
尋求平衡猶若天秤
任憑日月萬有引力
調製一日復一日的潮汐
此刻眼中的波光是閃爍的絕對存在

《笠詩刊》202406

恬淡美學——生活詩

濕潤之必然

濕潤的秋
月暈溶成眼眸的淚光
悄悄拈開黏密的夜與夜
在迷夢的層巒裡
找尋桂魄的蹤跡

濕潤的秋
言語溶成簷梢的雨滴
輕輕挑開黏附的頁與頁
在 line 的層夾裡
呼喚 i 的存在

濕潤的秋
愛戀溶成深林的涓流
默默解開黏糊的葉與葉
在綠苔的層雲裡
覓采楓紅的吻痕

《台客詩刊》201712

賞月

那一晚坐在山坡上
賞月
浩浩墨黑天空
滾入一輪飽滿的圓
明亮的汁液即將溢出
視覺記憶裡最大的月
你說它是藍月

偶有薄雲飄過
蒙住了它的臉龐
撥雲見月時
朦朧月色透露意亂情迷
從千古走來
貫穿時空的月光
正描繪夜的印象

賞月的雙人
也彷彿從兩小無猜就坐著賞月
直到白頭
《葡萄園詩刊》201808

恬淡美學──生活詩

白鷺鷥

沉思的背影靜止成白色的書籤
才飛翔碧波湖上　自動描寫
一條條飄逸的獨白
卻又惦念節氣小雪後的鄉田

《掌門詩學刊》識覺詩 202305

白翎鷥　　（台文詩）

思考的形影是一張籤詩
飛佇青色湖水頂面
寫一條飄撇的絲線
猶原掛心故鄉的田園

《掌門詩學刊》202501

白鳥的虛實

一縷白
飛到我眼前
輕盈停駐堅石
安然若素
驚心與齋心的流轉
白飛石虛
徒讓心絹留白

《華文現代詩》201805

棉被

夜夜在睡夢中追憶曾經的體溫。

《掌門詩學刊》一行詩 202405

恬淡美學——生活詩

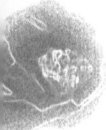

衣架

掛上一身榮錦與疲憊
衣裡穿梭成性
卻解不了心的掛念

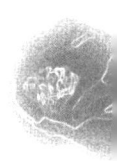

香皂

洗去肌膚塵埃和油膩
洗不掉小疙瘩
那是心的浮光掠影

《笠詩刊》2025

恬淡美學──生活詩

枕頭

從來不知道大腦在想什麼的
長久親密接觸者
卻存在莫名的繾綣

《中國微型詩》2024

背包

吞吐有用沒用
收藏踽步的思與念
擔負來　擔負去

《中國微型詩》2024

恬淡美學──生活詩

手錶

貼附脈搏跳動
一輪一輪向前旋轉
累計生命的點數

《中國微型詩》2024

外套

穿與脫間
氣溫與體溫在私密會議中
終究是一種抉擇

《中國微型詩》2024

恬淡美學──生活詩

簾想

一席簾　百樣風格的濾鏡
迷霧風、療癒系還是冷黑膠
猶如絹網刻畫著塵封往事
風　在透明隙縫中沉吟

《掌門詩學刊》識覺詩 202401

壺與茶

炭火親炙　壺壁花紋飛騰
若墨夜沉著　包裹滾燙的潮水
片片茶葉無念
靜靜游於青黃色壺海
如魚兒　本性的一呼一吸
明淨的心谷奉上一杯茶
沁香甘潤佐以清風　好喝

《掌門詩學刊》識覺詩 202309

恬淡美學──生活詩

歸心與封存

纖纖玉指放下窗簾
告別青藤的月色
遙遠家鄉的陽光螺旋般探進心田
一把大鎖　密封幽室的清寂
達達下樓足音
響徹天井式古老建築

《掌門詩學刊》識覺詩 202409

儷人行

自行車上儷影
穿梭城市大街小巷
輕盈悠然
猛虎般汽車觀望嘆服
秋遊於淡泊風雲　微微清涼
久遠的虢國夫人御馬也心羨

《葡萄園詩刊》202505

繭・滌淨

彩繪的容顏　猶如戴著魅影面具
過度紋與色的裝飾
只為隱匿真實的自己
彷彿在浮世叢林裡結個穩妥的繭
為脆弱似蛹的心當保護膜
倘使遇見猛獸和勁敵　掩護或嚇唬

張著不確定的雙眼
縛住的肌膚呼吸不到新鮮空氣
唯有滌淨虛擬的彩飾
方能重獲自然的本真

《笠詩刊》202412

繭・走出

一個抹去聲音與神采的剪影
藉著反射墨鏡角度的轉變
在絢彩和光亮的框架中
逐漸沉浸虛幻的鏡面世界
猶若禁錮於編織的繭中
屏息在乎他人的觀看
由晨昏暖色調至夜闌寒色調
活在塵世眼中難以自處

走出外在追蹤的羅列鏡片
即可自在行於流動的光色

《笠詩刊》202412

繭・光束

吐些絲造橢圓形的繭　孕育孤獨
受光照拂　所有色光全被反射回去
進入浮生眼裡盡是皎雪的白
猶若修行者的岩洞

蛻變成蛹　脆弱的身心期待堅忍
彷彿幽居於黑暗的隧道裡
夢裡揮撒風鈴木黃花
搖曳金燦翅翼
爬梳洋桔梗
暢想融入清藍水精靈遨翔
醞釀與虞美人共舞的嫣紅幸福

默然有悟的自己　活在無限的美中
一束光　從破繭的洞口逐漸擴大
頓時　羽化的蛾眉毫無懸念
飛入明亮的遼闊天空

《有荷文學雜誌》專號主題 202412

繭・重生

一圈又一圈的綑綁
宛如一絲又一絲的結成了繭
吐露的過往和情感
將自己密密的包裹　無法掙脫

無常　是渾沌自然的虛空
寂然的蛹
若沉潛於幽深的枯井
似修心於寒冬白雪覆蓋的崖洞

等待轉變
在重生的瞬間
羽化的飛蛾振動一雙淡蜜薄翼
遨翔青翠榮景的天地

《笠詩刊》2025

恬淡美學──生活詩

註記

鮮血在心底悄悄的註記了一株花
若滾滾海浪退潮　留給沙灘的貝殼
遼闊的　鈦白天空畫布上
雲朵與花瓣承載不了眼淚的重量
直到油彩已乾涸
久遠後閃爍的存有

《旦兮》耕莘文學 2025

擱淺

擱淺的輪船有沈溺的唇印
嫣紅拓落於黃金沙灘上
藏與峻拔海浪的熾白激情
奔向妳
在妳孱弱情思崩解於無限時空之前

《掌門詩學刊》識覺詩 202501

沙灘

聚積黃澄澄的細沙
澆和一串兒歌似的清藍海水
堆砌遠方的童話城堡

築壘的小手
浸濡在遊戲的歡愉中
彷彿史密森的防波堤地景
含著螺旋形糖果　溶化於無形
又若福隆海濱的沙雕者
塑盡人間的悲歡離合
追憶孩提心願　只盼一朵玫瑰花

《掌門詩學刊》202504

魚的眼淚

布下天羅地網
只為貪圖片刻的歡快
捕獲一隻一隻的 Me too、
Me too、Me too……

掉落海底的沉封記憶
逐漸浮現水面
流不出的魚眼淚
打破凝結　溶解為一片汪洋

隱匿的侵犯罪行　攤開成後現代
陽光　正義掃除擁擠的陰霾

《笠詩刊》202502

鷗鳥港灣

揮動未來主義的翅膀
倏忽躍入夕陽的金黃視野
流動性透視在港灣迴旋
一轉身一回首是千年的激盪

目光追隨飛舞的華麗軌跡
繾綣於時空翻轉的星海
解析的幾何傾訴片片衷情
壓不扁的波濤掀起紫羅蘭的芬芳

律動的鷗鳥滑越船舶的甲板曲線
沉寂在山巒環抱的溫情

《掌門詩學刊》202504

笠緣

戴一頂帽
行過浮生　登越山嶺
戴一頂笠
醞釀詩心的書寫
彷若農夫謙遜的彎下腰
在田地裡一畦一畦的勞動
滴滴汗水沿著額頭的思路滑落
湧現的靈感如煲湯的熱氣
烘紅喜悅的臉蛋
一把文字搗成的泥土
飄散馥郁的馨香

笠詩的激灩果實蕩漾於金風中
馬諦斯的紅藍綠三色彩
產生珍貴的心靈疫苗
天母古道的黑色大水管
呼嚕呼嚕的在夢的邊緣延伸

恬淡美學──生活詩

相約在鳥兒隱逸的不厭亭
愛情跳著360度的圓舞曲
內溝溪春秋　踏奏樂活的韻律
塞納河眾橋　唱和弧線的眉睫
美妙的詩篇在笠　分享
無盡的歡欣在笠　舒展

《笠詩刊》60年紀念詩文專輯 202308

華文俳句

望見山林簇簇嫣然微笑
欒樹紅

涼意飄落金黃大地
銀杏葉

校園裡打排球的纖細手臂
桔梗花

滿山遍野細數步數
芒草

澎湖海邊的芥末色木屋
紅魽

恬淡美學──生活詩

小米香中敬庇佑的舞蹈
感恩祭

孔廟掛上張張祈福卡
寒梅

開門見到笑盈盈的好友
山茶花

清潭裡飛來彤霞
山茶花

昨日明星的終身成就
金馬獎

母親牽起孩子過馬路
毛手套

前方纜車漸行漸遠的身影
羽絨服

電腦前廢寢忘食
寒窗

望見愛神丘比特雕像
鞦韆

坐在父親肩上的小孩
煙火

華文俳句社句會優選或一周精選 2024-2025、《創世紀》華文俳句欄 202503 或《中華日報》副刊華文俳句欄「渺光之律」202505、《臺灣華俳集》202503

恬淡美學──生活詩

枯野（冬季語）

呼嘯而過的一列火車
枯野

評論 永田滿德

　　「枯野」指的是草木枯萎後的原野。這樣的枯野形態各異，有的廣闊無邊，有的則位於山間的狹窄地帶，或者沿著海岸延伸的枯野。雖然是一片枯黃，但在夕陽照耀下閃閃發光，依然讓人感受到一絲華麗的氣息。在這片枯萎的原野中，飛馳而過的「一列火車」，描繪出一幅動靜交織的畫面。這首俳句雖然傳遞出荒涼之感，卻也清晰展現了枯野廣闊而鮮明的景致。

摘自《俳句界》2025 二月號

華文俳句社一周精選 202412、《俳句界》2025 二月號、《中華日報》副刊華文俳句欄「渺光之律」202505、《臺灣華俳集》202503

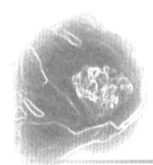

萬卷樓文叢・楊佳蓉作品集　9900C01　　語言文學類　現代詩類

恬淡美學——生活詩

作　　者	楊佳蓉
發 行 人	林慶彰
總 經 理	梁錦興
總 編 輯	張晏瑞
編輯企劃	楊佳蓉
封面底圖	楊佳蓉
編 輯 所	萬卷樓圖書股份有限公司
排　　版	彩藝得印刷有限公司
印　　刷	彩藝得印刷有限公司

發　　行　萬卷樓圖書股份有限公司
　　　　　臺北市羅斯福路二段41號6樓之3
　　電話　(02) 2321 6565
　　傳真　(02) 2321 8698
　　電郵　SERVICE@WANJUAN.COM.TW

香港經銷　香港聯合書刊物流有限公司
　　電話　(852) 2150 2100
　　傳真　(852) 2356 0735

ISBN　978-626-386-265-4
2025 年 5 月初版
定價：新臺幣 310 元

如何購買本書：

1. 轉帳購書，請透過以下帳戶
   合作金庫銀行 古亭分行
   戶名：萬卷樓圖書股份有限公司
   帳號：0877717092596

2. 網路購買，請透過萬卷樓網站
   網址：WWW.WANJUAN.COM.TW

大量購書，請直接聯繫我們，將有專人為您服務。客服：(02)2321 6565 分機610

如有缺頁、破損或裝訂錯誤，請寄回更換

版權所有・翻印必究
Copyright©2025 by WanJuanLou
Books CO., Ltd. All Rights Reserved
Printed in Taiwan

國家圖書館出版品預行編目資料

恬淡美學：生活詩/楊佳蓉著. -- 初版. -- 臺北市：萬卷樓圖書股份有限公司, 2025.03
　面；　　公分. -- (萬卷樓文叢. 楊佳蓉作品集；9900C01)
語言文學類, 現代詩類

ISBN 978-626-386-265-4 (平裝)

863.51　　　　　　　　　　　　114003594